KB071800

청어詩人選 276

차
라
리
흐
르
는
물
이
되
련
다

강성배
시집

청어

차라리 흐르는
물이 되련다

강성배
시집

추천사

고독한 시간이 빚어낸 인고의 독백
─강성배 시집 『차라리 흐르는 물이 되련다』에서

― 이만재(시인, 문학평론가)

    흔히 한 개인을 다른 개인들에게 구별하는 내적인 특징들의 총합이라는 의미를, 우리는 개성個性, personality이라고 한다. 이는 18세기말에 문학을 문인의 사상과 감정의 표현으로 보게 된 이래 문인에게 개성의 문제로 대두되었다. 지금은 개성이라는 말 대신 주관, 주체성, 자아라는 말을 자주 쓰기도 한다. 혹자는 시인의 자기의 독특한 개성 때문에 외부의 사물을 있는 그대로 다 받아들이지 않고 배척하는 경우가 있으면, 즉 개성을 적극적으로 띠우면, 오히려 시인의 정신은 그만큼 빈곤해진다고 말한다. 그러므로 시인은 외부의 온갖 사물을 인색하지 않게 받아들이는, 소극적 수용이 필요하다는 것이다. 엘리엇은 그와 비슷한 입장에서, '시는 개성의 표현이 아니라, 도리어 개성으로부터 도피라는 말을 하고, 이어서 강한 개성을 가진 자라야 개성의 도피란 말이 무슨 뜻인지 알 것이라고 하였다.' 다시 말해, 개성, 즉 개인적 특성은 자기의 역사적 위치, 문학적 전통을 강하게 의식하고 있는, 개성적 시인이 극복해야 할 것인지, 조장하고 아낄 것이 아니라는 것이다. 하지만 개인적 특성을 무시할 수는 없다.

필자가 이태 전, 송파에 있는 도서실에서 강성배 시인을 처음 만났다. 시작법을 지도하는 입장에서 수업이 끝날 무렵, 항상 다음 시간에 한두 편씩 신작을 써오도록 숙제를 주었다. 과묵한 그는 반년 동안 단 한 번도 숙제를 빠뜨리지 않고 수업시간에 자신의 신작시를 발표하곤 했다. 그리고 그는 갑자기 지방으로 가게 됐고 가끔 안부 편지를 주고받았다. 몇 달 전에 그가 필자의 집필실로 불쑥 나타났다. 두툼한 서류봉투를 내놓았다. 노트나 이면지에 쓴 시가 300여 편이나 되어 깜짝 놀랐다. 그리고 그는 다짜고짜 출판을 원했다. 나는 서둘러 그 원고를 읽었고 감동을 받았다. 구구절절 안타까움이 젖어있는 시들이라 필자도 감정이입이 되어 코등이 찡해졌다. 이 시집에 돋보이는 작품 속에서, 강성배 시인이 지니고 있는 내면의 세계를 들추어 보기로 하겠다.

겨울을 등에 업고/지난 세월에 숨어있는/내 속을 헤집어본다//창문 밖 칼바람/갈 길을 몰라 보채고 있다/심란해지는 마음/둔탁한 한숨으로 몰려와/오늘도 어제처럼 하루가 버겁다

　　　　　　　　　　　－「오늘도 어제처럼」의 일부

서문

희망은 절망을 통해

내가 살아오는 동안에 봄바람과 가을비가 수없이 스쳐갔다. 정녕 연령은 시간과 더불어 나타나고, 굳센 의지도 세월과 더불어 사라져 간다는 말이 새삼스레 떠오른다. 마치 캄캄한 밤 주마등처럼 희미하게 스쳐가는 과거의 내 모습이 눈앞에 아롱대는 듯하다. 나는 주로 혼자인 시간이면 마음의 사진첩을 몰래 들여다본다. 나만의 세계이자, 동심이 그렇다.

지금 다들 어디서 무얼 할까. 아주 어릴 적, 코흘리개였던 내 소꿉친구들, 시골길 비포장도로 등하굣길에 도란도란 이야기하며 장난질 치던 모습들이, 청장년에 접어들어 친분을 나눈 사람들의 얼굴까지도 떠오른다. 이 모두가 돌이켜 보면 볼수록 소중하고 아름다운 추억들이다. 나는 틈틈이 책을 읽을 때에도 이들을 상상하면서 이들에게 미처 못 한, 나의 마음을 주제로 글쓰기를 즐긴다.

우리 속담에 '고양이 죽 쑤어줄 것 없고, 생쥐 볼가심할 것이 없다'고 할 정도로, 나는 극빈한 집안에서 태어났다. 아직도 기억 속에 사라지지 않는 우리 집 풍경은 삭막한 빈곤이 전부였다. 그런 지긋지긋한 가난이 정말 싫었다. 가난뱅이 자식이라 무시

하는 눈빛도 싫었다. 더더욱 남에게 베풀 수 없어 싫었고 남에게 자존심마저 거부당하는 것이 싫었다. 추위에 떤 사람만이 햇볕을 따뜻하게 느낀다고 했듯이, 그래서 가난을 극복하기 위해 불철주야 궁리하면서 온갖 잡다한 일을 다해봤다. 간신히 종자돈을 마련하여, 의류와 식품을 유통시키는 사업에서 거금도 만져보았다. 과욕이 화근이었다.

지명지년知命之年인 50대 초반에 접어들어, 나는 뜻하지 않은 낭패를 피할 수가 없었다. 일상대로 밀고 나갈 일을, 사업을 확장한답시고, 수입 품목에 눈을 돌린 것이 화근이 되었다. 의류이거나 건어물이라면 피해가 발생하지 않았을 것이다. 거금을 투자해 호주산 우족牛足을 대량으로 수입하여, 냉동컨테이너에서 출하를 할 판에, 복병을 만난 셈이었다. 소위 '광우병 파동'이었다. 온갖 매스컴은 연일, '인간 광우병은 기억력이 상실되고 이상행동을 보이며 정신지체 및 치매가 생기고 수족의 무의식적 운동 등으로 나타난다.'고 겁을 주기 시작했다. 이렇게 신문마다 대서특필되자마자 온 국민이 난리였다. 나는 너무나 황당하고 전혀 예상 못한 파동이라, 정신을 차릴 수가 없었다. 거금을 들여 어렵사리 수입한 우족은 결국 폐기처분되고 빚만 고스란히 남게 되었다. 그러나 이 파동은 내 삶에 커다란 교훈을 새겨주었다. '이 세상에서 가장 행복한 사람은 조그마한 재물에 만족하고 사는 사람'이라는 것을 비로소 깨닫게 되었다.

우족 수입이 내게 준 대가는 너무 큰 고통과 좌절의 시간이었다. 이로 인해 심한 우울증에 시달려야만 했다. 솔직히 말하자면, 죽고 싶은 심정뿐이었지만, 이것을 극복하기 위해 혼자서 몸부림치는 가운데 하루하루 일기를 쓰듯이 매일 한 편씩 짧은 글을 쓰기 시작했다. 마치 내가 나에게 숙제를 낸 것처럼 순간순간 감정이나 색다른 일들을 놓치지 않고 메모해 두곤 했다. 희망은 절망을 통해 이룰 수 있는 것인가.

극도로 심한 우울증 속에서 문학을 만났다. 한 달에 두 번 '시창작법' 강의를 청강하면서 시詩의 형식과 내용, 그 묘사방법을 조금씩 알게 되었다. 예습과 복습을 통해 시창작법에 매달렸다. 자작시를 통해 나의 울분과 절망 그리고 허무까지 분출시키는 조력자로 여기고 싶었다. 내 울적한 기분을 전환시켜주는 고마운 친구인 셈이다. 시에서는 아무리 캄캄한 방에서도 온 세상이 다 보인다. 해와 달과 별은 물론, 심지어는 나무와 돌과 바람과도 대화할 수 있는 창구가 되었다. 나는 이 따분한 세상에서 이따금 자연의 친구들과 더불어 세월을 읊을 수 있으니, 오히려 행복하다.

끝으로 이 시집이 나오기까지 도움을 주신 모든 분께 감사드리며, 아울러 여러 가지 어려움 속에서도 참아준 아내와 두 딸에게도 고마움을 표한다. 그리고 소상한 가르침을 아낌없이 베풀어주신 이만재 선생님께 감사드린다.

논산 우거에서
연석

차례

1장 짝사랑

2장 방탕자의 삶

3장 어떤 아픔 어떤 슬픔

4장 코스모스 길

1부

짝사랑

가을이 오면 울긋불긋 피어 있는 향기로운
코스모스 길
들녘에는 누런 벼들이 황금색으로 펼쳐져
한 가운데 외로이 홀로 서 있는
허수아비 밀짚모자를 쓰고 참새 떼를 쫓고 있네

짝사랑

가을이 오면 울긋불긋 피어 있는 향기로운
코스모스 길
들녘에는 누런 벼들이 황금색으로 펼쳐져
한 가운데 외로이 홀로 서 있는
허수아비 밀짚모자를 쓰고 참새 떼를 쫓고 있네

석양지 지고 어둠이 내려오면 코스모스
속에서 허수아비를 살짝 보이면
오가는 사람들을 놀래키던 조무래기 시절
함께 놀던 단발머리 소녀
오십년 세월이 다 되어 가는 지금까지
가슴속에 남아 잊지 못하며…

추억을 떠올리며 나도 모르게
웃음 띠우다
긴 세월 그때 그 소녀도
나처럼 서리가 내려앉은 머리를
하고 있지 싶네
보고 싶다

이슬 구름

-물안개

그저 고개를 들기만 해도
붉은 태양과 파란하늘
그리고 반짝이는 별을 볼 수 있다는 것
또한 고개를 숙이기만 하여도
보드라운 흙과 화사한 꽃들을
보고 느낄 수 있다는 것도 모르고 살았다

저녁녘의 노을도 그러하고
새벽녘의 물안개도 그러하고
한밤의 달빛도 그러하고
이제야 절절이 깨닫는다
쪽빛보다 더 짙어가는 푸르름…

봄이 오는 길

춥고 길었던 겨울을 지나 따뜻한 봄이 오는 것은
자연의 섭리를 따라 행해지는 것
오월의 햇살은 애기
속살 같은 꽃잎과 같고
이파리들은 밀어내듯이 꽃을 피우는 것은
자연의 순리가 아닐는지

훈풍에 못 견딘 산과 들로
푸른빛으로 온통 천지를
풋풋하고 에너지 넘치는 봄의 향연은
천지를 펼쳐 놓은 것 같습니다

봄이 오고 꽃이 피고 산이 있지만
언제나 맞이하는 봄의 새 생명들은
늘 경이롭고 설레는 감동을 주는 건
그냥 그렇게 오가는 자연스러움
때문인 것 같다

오염

얼마 전까지만 해도
악취가 심하고 지나는 길이면 더 찡그리는 강가
언제부터인가
봄이 오면 강가 길옆으로
노란 유채꽃들이 꽃밭을 이루고 있습니다
흐르는 천은 맑은 물로 송사리 떼 모여 움직이며
힘차게 움직임이 있는 것을 보니
정말 행복한 마음마저 들었습니다
먼 훗날 우리 후손들에게
환경이 살아 숨 쉬고 오염이 없는
세상을 줄 수 있어 정말 행복합니다

무상무념

오래 해 보아야
비로소 보이는 것이 있다
주는 만큼 비우고 채우는
자연의 섭리처럼
남을 속이는 자 살펴보니
바구니에 물을 담고 달려가는 격이다
단숨에 집으로 돌아온들
바구니 속에는 무엇이 남아 있으랴
또 다른 남에게 속는 이 살펴보니
하나 달이 채소밭에 부추 갈아서
날마다 사람들이 잘라 내어도
돋아나는 새싹은 그치를 모르네

허무

때를 완전히 놓치고 나서 내뱉는
아쉬움과 후회는 아무런 소용이 없다
그저 무의미한 소모의 행위일 뿐인 것을
모르지 않았지만
그래도 지나온 옛 시절들을
자꾸만 뒤돌아보면서

그 무의미한 의식을 반복해 오고 말았다
지금까지 나는 사랑하지 않는다
사랑하기를 못하기 때문에
후회하며 생각할 뿐이다

황혼

−석양의 공포

하루의 태양이 지고 있다
창밖에 내린 황혼은 세상의
빛도 어둠도 서로를 감싸 안았다

어느 때부터 그들은 얽혀서
서로의 체온에 기대어 섰던가
찰나의 머뭇거림 안에서도
어둠은 빛만을 사랑하고 있다

둘일 때의 화려한 아름다움은
그렇게 하나의 적막이 된다
고요의 어둠은 이별을 삼켰지만
품었던 사랑 하나둘 내어 놓는다

밤하늘길 온통 별의 폭포로
완벽한 하나의 화폭이 된다
문득 스치는 홀로선 공포의 아름다움

희망의 꿈속 이야기

지금 가야하는 이 길에
꿈 하나 얹어놓고 걸어보자
아무리 크고 무거운 꿈이라 하여도
그 걸음 편안 하리니

또한
아무리 작고 가벼운 꿈이라 하여도
그 걸음 헛되지 않으리니
나의 머리에
나의 가슴에 한껏 이고 지고 간 꿈들

지금 걷고 있는 이 길을
마냥 고되게는 하지 않으리라
이 길
내 손길 닿는 이곳에서
꽃눈 같은 꿈눈을 키워
아득한 저 산 멧부리에 피워 보리라

깨달음

내가 이제야 깨닫는 것은
누군가에 대한 사랑을 포기하지 않으면
기적은 정말 일어난다는 것
누군가를 사랑한다는 마음은 나도 몰래 나오는
재채기처럼 숨길 수가 없다는 것

내가 이제야 깨닫는 것은
어릴 적 어느 여름날
아버지와 함께 동네를 걷던 기억
추억은 내 일생의 지주가 된다는 것
부모님이 돌아가시기 전에
단 한 번이라도 사랑한다는 말을
하지 못하는 것은 영원히 한이 된다는 것

내가 이제야 깨달은 것은
삶은 두루마기 화장지 같아서
끝으로 갈수록 더욱 **빨리** 사라진다는 것
그러나 삶이 아름다운 이유는
매일 일어나는 작은 즐거움들 때문이라는 것

내가 이제야 깨달은 것은
우리 모두는 저 산꼭대기에서 살고 싶어 하지만
행복을 느낄 수 있는 것은 그 산에 오를 때라는 것

그런데 우리는 이 모든 진리를 너무 늦게 서야
깨닫게 되는 이유는 무엇일까
앞으로 남은 인생 후회보다는
보람의 기억들로 채워 나가길 간절히 소원한다

보석 같은 엄마 품

탯줄 같은 강
언제나 마른자리 진자리 골라
저희를 길러주시고
인간으로 만들어 주시는
당신은 강입니다

넉넉한 그늘 같은 산
지치고 힘겨울 때마다 품어 쉬게 하시는
당신은 산입니다

수천 년 세월에도 변함없는 바다
늘 언제나 그 자리에서 반겨주시는
당신은 바다입니다

모진 바람 속 구름처럼 흩어질 때에도
기꺼이 한줌 소금을 남기시는
어머니

당당히 남기신 소금
당신의 눈물이 다녀가신 내 가슴속 발자국 마다
오늘도 반짝이는 하얀 보석

파도와 바위

-파도

바위의 깊은 마음을 알고 싶어지고
때려도 때려도 참고 서있는 바위
자신의 아픔보다 부서지는 파도를
더 걱정하는 가엾은 바위
백번을 아파도 당신보다
자식을 생각하는 어머니 마음이 아닐까요

생각 없는 무심한 파도야
큰 물살로 바위를 슬프게 하지마라
가만히 있는 그 모습이
저 넓은 바다보다 아름다운 것은
흩어지는 눈물의 양만큼
변함없는 사랑을
한없이 주시기 때문은 아닐까요

이젠 넘지 않을게요
찢기는 시련
누가 뭐래도 항상 그 자리에 계신 당신
그런 당신의 사랑 앞에
잔잔한 파도로 넓은 바다로
다시 태어나렵니다
당신 품에서…

청 보리

-소 나비

새파란 보리는
그 논길 따라 한 장의 수채화가 펼쳐있다
어느새 들녘은 황금빛 물결로 넘실거린다
와락 앞에 쌓인 노란 보리밭

햇살 따가운 초여름
부모님과 함께 보리타작을 했네
내 살을 따갑게 하는 보리수염
힘이 들기는 했지만 즐거운 보리타작 하는 날

보리는 넓은 마당에 가득
멍석을 깔고 그 위에 보리 말리다
맨발에 멍석 따라 둥글게 지도
그려놓은 듯 하고 또 하다보면
이마에 어느새 땀방울 맺혔네

멀리서 들리는 천둥소리
연이어 날카로운 번갯불도 보이고
금세 후두둑 시원스레 쏟아지는 소낙비
내 몸은 바빠지네

이산과 저산 마루에
일곱 빛깔 무지개
따가운 햇살
멍석 위에 노란 보리
따가운 햇살마저
또 다시 내 발 뜨겁게 하네
그 보리 말리는 날
힘들고 바쁘던 날

단추 한 개

단추 하나 떨어진
구멍 뚫린 빈자리 보기 싫어
난생 처음 바늘을 들었습니다

무엇이든 처음엔 서툴지요
구멍 뚫린 자리
단추 하나 제자리 다는 게
그리 쉽지 않다는 걸 알았습니다

바늘귀가 작아
처음 실을 꿰는 것도 어렵고
서툰 바느질에 손가락이 찔리니
정신이 번쩍 들었습니다

바느질 한번 하는 것도
정신 바짝 차려야 하는 것이거늘
제 삶에 빈 구멍 하나 메우듯이
떨어진 단추 하나
야무지게 달아봅니다

옛 생각

노는 게 좋아 미뤄 왔던 방학숙제 때문에
개학을 코앞에 두고 방안에서 두문불출

골목에서 떠들어 대는 친구들 웃음소리에
내 마음 어느새 그곳으로 가고 있네

울 엄마 눈치 보며 살금살금 나가려다
반갑다고 짖어대는 복실이 짖는 소리에

엄마께 바로 걸려 빗자루로 혼이 나고
서러움에 흐르는 눈물 두 손으로 훔쳐 내던
옛 기억

모든 숙제 다 마쳐도 풀리지 않는 한 가지
미뤄왔던 일기는 나의 머리 아프게 했던 옛 기억

날씨가 어땠는지 알 길이 없기에
할 수 없이 형의 일기에서 날씨만 베껴 썼던 기억

우리 할머니

한여름 뙤약볕 아래에서
손톱 밑이 까맣게 물들도록
고추 꼭지를 따던 할머니는
소처럼 맑고 순한 눈매에
세월을 주렁주렁 매달고 있다

굽어진 허리를 굽히며
꽃보다 붉은 고추를 매만지는
할머니의 분주한 손길에
알 수 없는 기쁨이 가득하다
고추꼭지 하나에 십 원을 버는 일
종일 일해도 몇 천 원이 고작인 일

며칠 뒷면 내 자식의 자식들이
방학을 마치고 서울로 가는 날
할머니 손톱 밑이 짓무를수록
쌈지속의 돈이 쌓여만 간다

떠나는 손주들에게 들려줄 용돈
할머니의 소처럼 맑고 순한 눈매에
눈물이 그렁그렁 차오른다

원두막

푸르름 익은 밤하늘
저기 외로운 유성 끝에 달린 유년의 편린이
켜켜이 쌓인 추억들 헤집고
시골 할아버지의 원두막으로 내 달린다

재떨이엔 빈 곰방대 저 혼자 누워있고
모기향 연기 가녀린 춤사위를 이리저리 밤하늘에 나풀대고
목침 베고 돌아누우신 할아버지의 원두막에
달빛이 하얗게 별빛이 노랗게 부서져 내려앉는다
저 멀리 동네 개구쟁이 몇 놈
졸린 눈 치뜨고 낯선 풀벌레 소리 잠재우며
도둑고양이의 발걸음 인양 꼬리를 물고 기어가는데
짐짓 헛기침 소리 우리를 반긴다

언제 난지 모를 무릎의 생채기도 잊은 채
달빛 부스러기 받아 달덩어리만한 수박을
별빛 부스러기 받아 노오란 참외를
한 아름 안고 돌아가는데 저…기 외할아버지
헛기침 소리가
어두운 발걸음을 가만히 앞장서다

때가 오면

-여름엔

그 때가 되면
온통 푸르름으로 덮인 계절이다
동산으로 벌판으로
마음은 먼저 끌려간다
곧 다가올 그 시간들에
하얀 모래 너르게 펼쳐진
바닷가에도 가보고 산 고랑을 타고 쏟아져 내리는
발가락 움츠리게 시린
계곡도 가보고
한없이 따뜻함으로 품어주는
고즈넉한 시골 자락에 있는
할머니 댁 툇마루에 앉아
모깃불 피워진 마당 한켠
꼬리치는 황구를 약올리며
단물 가득한 수박
한입 가득 베어 물어보고 싶다

올챙이처럼 통통해진 배
손끝으로 두드리며
할머니 무릎베개에 누워
살랑살랑 부채질에 잠든다
어머니 부르는 소리에 깨면
아 시골에 와 있구나
어찌 됐든 여름 더워야
살이 따끔거리는 그날을
기꺼워했던 것 같다

바닷가에서

참 오랜만이다
네게선 여전히 짠맛이 나는구나
넘실넘실 나를 취하게 하는구나
언제나 변함없이 철썩이는 힘을 네게 준 것이
그 누구인지 말해보렴

너 비록 시계는 없어도
저 달을 따라 해를 품고 오가는 구나
너는 모르는 게 없으니 지는 해 등에 지고
수평선 보며 너와 나눈 대화는
쓸데없는 생각의 무늬 같지만 내가 지고 가께

빛깔 곱고 멋지게도 생겼구나
궂은날도 바람소리 일 뿐인가
정녕 그게 네가 생각하는 자유인가
쉽게 마음 정지 말고 용기 내어 함께 가자
네게 이막을 이야기할 테니
그러면 너와 난 더 이상 홀로
세상과 집 사이를 떠돌지 않아도 되리니
늘 그렇다
깨달음은 여기에 없고 저쪽에 있구나

그리운 동

별빛도 어둠이 깊어
아련한 빈 가슴 차오르는 동에
뒤등 희미한 알전구처럼 저 하늘에 외로이 떠서
눈물 나는 붕어빵을 팔던
나의 가난한 어머니
평생 땅 한 평 가져보지 못한 어머니
지지리도 서방복도 없다더니
자식 놈들 높은 공부 시킨 재미로
그것 하나 보고
힘이 들어도 힘든 줄 모르고
저녁 한끼 시장한 줄도 모르고
찬 서리에 흠씬 절어
어둑한 고샅길을 쓸쓸히 돌아오던 어머니
갈등도 없고 그리움도 없는 이 황량한 도시에
칼바람은 아득한 곳에서 불어오고
가느다란 아픔을 어루만지는 자리마다
강물처럼 흘러 흘러 흰옷자락 눈물 적시던
서러운 나의 어머니 진정 안녕하신지…

비애

짙푸른 영혼에 가슴 에이며
달팽이처럼 미적거린 삶을
아파한다

미움과 사랑도 담아두면
애착이거늘
청정과 비움으로 범행을
닦고자 한다

그것도 애착 속에 녹아있는
또 다른 애심이기에
그 마저도 버려야 할 것을…

한국의 맛

눈길을 확 사로잡는 섹시함은 없다
그러나 우리 밥상에서는
자신의 역할만은 충실히 해내는
고유 전통의 맛

화려한 자태를 자랑하며 저마다의
맛을 뽐내기 위해 우리를 유혹한다
산해진미가 가득히 차려 있다 해도
우리에게는 꼭 필요한 김치가
아닌가 싶다

또한 여러 종류의 김치가 있지만
우리 입맛에 길들여진 고유의
어머니의 손맛이 깃들여 있는 그 맛
그게 김치가 아닌가 싶다

늦은 가을날에

어디선가 불어오는 바람
붉고 노란 잎들이 떨어진다
흩어진 잎들은
땅 위에 이리저리 뒹굴고
앙상한 나무는 맨 몸이 되어 버티지 못해
수도자처럼 기도만 하네

날아갈 것은 날아가고
흘러간 것은 흘러가야만 한다
날아간 것이 날아가지 못하고
흘러갈 것이 흘러가지 않아
저수 용량을 훨씬 넘긴
우리 마음속에
상념의 시신들만 둥둥 떠가겠지

버리고 비우는 일
어지럽지만 쉬운 일
아쉽지만 홀가분해
내려놓은 어느 늦은 가을 앞에 그저 고개 숙인다
다가올 혹독한 겨울 앞에 선 채…

불효자

어젯밤 이앓이에 잠 한숨 못 잤는데
문득 어머니 삭아 없어진 이 채워 드리지
못한 것이 마음에 걸립니다

모진 세월 풍파 속에 이 악물고 버틴 세월
하룻밤 잠 못 이룬 통증으로 어찌 헤아릴 수 있으리까

잦아든 통증에 밥 먹기 이라도 편한 것을
긴 세월을 어찌 그 고통 참고 견디셨는지

지금껏 어머니의 불편함 알지 못한
불효자 한없이 미워집니다

이렇게 힘겨울 때만 투정부리듯 어머니를
찾는 저는 아직은 어리기만 합니다

국화향 그대

그대에게
높고 푸른 하늘처럼 영원한 생명이고 싶어요
죽음이 온 것처럼 웅크리지 말아요
그대를 위하여
이렇게 눈물 흘리며 기도하고 있잖아요
어느 누구인들
깊게 패인 상처와 서러움의 흉터 하나 없을까요
그대에게
국화향 가득한 가을처럼 꾸밈없는 친구이고 싶어요
혼자라 생각하며 외로워하지 말아요
그대에게
이렇게 함박 웃으며 노래하고 있잖아요
어느 누구인들
검게 물든 가슴속 아련한 그리움 하나 없을까요
그대에게는
따사롭고 포근한 햇살처럼 무지갯빛 사랑이고 싶어요
하얗게 야윈 눈 들어 슬퍼하지 말아요
그대를 위해
이렇게 마음 문 열고 기다리고 있잖아요
기도하고 노래하고 사랑하며 즐거워하고
기다리며 행복해 하는 오직 한 사람
여기 있으니까요

사진

볼 수 없게 되어서야
보게 된 사진
슬픈 눈의 남자는
익숙한 얼굴 낯선 표정

찬찬히 바라보면
깊은 주름 거친 피부
내 아내를 닮았구나

가만히 들어
너 가는 길에 내가 방해만 되었구나
결국 나를 울린다

사진 속 남자가 미워서
반대의 삶을 사는 거울 속 남자

찬찬히 바라보면
깊은 주름 거친 피부
내 아비를 닮았구나

조금은

조금은
내가 할 수 있는 익숙한 말입니다
조금은
그대가 나를 기다려야 할 어설픈 시간입니다
조금은
내가 오직 그대만 바라보는 날짜입니다
조금은
지나고 나면 짧지만 느껴지는 순간입니다
조금은
지나고 나면 우리가 함께 할 영원한 선물입니다
그 조금은 시험인가 봅니다
우리가 가져가야 할 추억인가 봅니다

사진 속 어머니

짐 정리를 하다가 책 사이에서 흘러나온 사진 한 장
모서리가 누렇게 바란 흑백사진
그 사진을 물끄러미 바라봅니다

사진 속 어머니는 늘 웃고 계십니다
그 웃음이 되레 눈물 겨워
온 종일 사진만 붙들고 있습니다
사진을 문지르는 손끝에
어린 시절 따뜻한 그리움이 전해옵니다

살굿빛 노을이 쏟아져 내리던 날
대청마루에 온가족 모여앉아
찐 옥수수 호호 불며 먹던 그리운 시절
급하게 먹다 입천장이 데어 울고 있던 동생을
어머니는 그런 동생을 달래주신다
지금 나는 입천장이 데이지도 않았는데
왜 사진 위로 눈물방울이 맺히는지

사진을 보다가
내가 사진을 보는 게 아니라
어머니가 나를 보시는 것 같아
그런가 봅니다

사진 속 추억

당신은 내 세상의 흔적으로 남게 한
단 한 장의 사진
나의 손가락이 당신을 붙잡자
세상이 오직 당신을 붙잡자
세상이 오직 당신을 위해 풍경이 돼 주었던
한 장의 사진

그립다 호명하는 법과
가지마라 떼쓰는 법을 가르쳐 준 사람
당신의 한 생애를 노크하는 출입문을
오늘 찾았습니다

이 세상 오직 하나뿐인 단서
이 실마리를 또 잃을까
헝클어진 가슴에 품고
끝내 저 세상에 놓고 온 실타래를
첫사랑이자 끝사랑이라 불러봅니다

세상의 산들보다 가까이 있어 슬프다
신들의 경전보다 못 마땅하여 자꾸 읽히는
사진 한 장 종일 들여다보며
깨끗한 손수건 위에
당신을 내려놓습니다

빛바랜 흑백사진

노트 안에 빛바랜 사진 한 장
네댓 살 되는 어린 아이가
까까머리 버선 발 고무신에 그저 그런 한복을 입고
반쯤 앉은 아빠 어깨를 잡고
그럴싸한 폼을 잡고 서 있다

하늘에 떠 있는 태양이 따가운지
조금은 얼굴을 찡그리고 서있다
아마도 사진사 아저씨는
아가야 얼굴 펴고 웃어봐 했을 것이다

사진 속에 살던 그 마흔 살 아빠는
고희를 넘기고도 하늘에 간지가 너무 많은 세월이 지나라
네댓 살 어린 아이는
어느덧 손주를 안고 있을 나이가 되어 있다
이제는 흑백사진이 아닌 최신식 카메라
앞에서 폼을 잡는다

젊은 날 추억

찰각
눈이 부신 햇살이
반짝이는 흰 눈이 날리는 십이월 하루
경복궁 뜰 안
소복소복 토담이 쌓인 포근한 솜사탕
다섯 꿈나무가 웃음꽃을 피우며
이 폼 저 폼 뽐낸다

한 송이 한 송이 꽃눈이 떨어지는
향원정 연못에 잔잔히 그려진 얼굴들
정이 깃든 그 시절 한 장의 사진으로 남아있다

별이 빛나는 밤
밤을 지새우며 바윗돌보다 무거운 뜬 눈을
힘겨워하는 눈동자에 새파란 싹이 움트고
밤하늘의 별을 한아름 품을 둥근 달은 저 향기가 되어
희망의 씨앗이 된다

저 산 너머
꿈으로 가득 찼던 세월의 흔적을 어루만지며
흩날리는 흰 빛눈
휘몰아 감싼다
젊은 날의 그 추억과 함께

후회

무엇인가 잃어 가고 있다는 생각
잊고 지내온 긴 시간
뒤돌아보면 후회도 많았던 시간들
이었기에 남은 시간들은 소중하게
채워가고 싶다

하나 둘씩 하늘이 어두워 간다
슬그머니 내리던 빗방울이
제법 소리를 키워가고 있다
오늘밤은 별이 보이지 않겠다

이제부터는 잃어버린 시간을
한 주에 한 번이고 한 달에 한 번
이라도 느리게 걷는 즐거움을 느껴보자

엄마 목소리

멀리 저 산등성 넘어
시원한 바람 타고
나를 부르는 엄마 목소리 들려옵니다

붉게 타는 서산 노을 속으로
어디론가 떠나가는 새들의 무리
그즈음 엄마가 나를 부르는 목소리가 들려옵니다

창 밖에는 비바람이
몰아치는데
이런 날이면 더욱 더 엄마의 눈물이
가슴이 메어 옵니다
오늘은 더더욱 내 가슴에 흘러내립니다

2부

___

방탕자의 삶

심어주는 자리가 좋은 땅이든 벼랑 끝에든
말없이 뿌리내려 꽃 피우고 열매를 맺는
나무를 보며 겸손과 성실을 배운다

방탕자의 삶

심어주는 자리가 좋은 땅이든 벼랑 끝에든
말없이 뿌리내려 꽃 피우고 열매를 맺는 나무를 보며 겸손과
성실을 배운다

가지마다 수많은 꽃이 피고 열매를 달아 주어도
건사할 수 없는 것은 아낌없이 떨어 버리는 나무를 보며 버림
과 내려놓음을 깨우친다

동서남북 빈 공간에 마음껏 활개를 펼쳐 보지만
다른 나무가 닿으며 스스로 가지를 죽이는 나무를 보며
배려와 절제를 배워갑니다

조금만 어려움이 닥치면 엄살을 떨고
주신 것 헤아려 감사하기 보다는
갖지 못한 것 부러워하는 불평을 쏟아내고
능력과 착각하고 한계를 버린 채
만족할 줄 모르는 아귀처럼 욕심에 젖어 사는 삶

한 없이 부끄러워진다
나무 아래만 서면…

보슬비

비 내리는 저 밤하늘을 보고 있자니
지금에 모습처럼 아무것도 보이지 않는다

시원스레 쏟아지는 빗줄기를 보고 있자니
아무것도 한 것 없는 과거같이 보인다

고인 흙탕물을 보고 있자니
시간은 기다려주지 않는 것이 보인다

바람에 휘둘리는 빗줄기를 보고 있자니
저렇게 바람만 불어도 휘둘렸던 내 마음이 생각난다

잔잔하게 소강된 보슬비를 보고 있자니
고요한 일상인 나의 마음인 것 같다

연

동네 앞 논둑 더 길은 좁고
바람은 약해 내 뜻대로
날지 못하고
햇빛 속에 흔들흔들
짐짓 당겨 버텨낸다

하늘 아래 회화나무
싹둑 쳐서 없애고서
새가 사라지고 구름 떠
가듯 날려 보내야 가슴이 후련하리라

장독

세상 저무는 길
어느 길이 트였든가
눈썹 끝에 서리 얹히도록
밤새 걷고 걸어
음달 찾아
늦가을처럼 성숙한
속 깊은 옹기…

빈 마음에 땀이 앉아 빚은
정아,
지푸라기도 익어 가는
메주 같은 정
오가는 세월 꾹꾹 찍어
손가락 빠는 장맛이여!

잠 못 이루는 가을밤에

창 밖 밝은 달 바람은 불어와 국화 앞에 뿌려 놓으니 달빛 머금은
그윽한 향기에 취해 잘 이루지 못하게

뒷산마루 늙은 소나무 가지에
덩그러니 쉬어가려 앉아 있으며
힘겨운 늙은 소나무 살며시 둥근달
하나 밀어내고 있네

달 바퀴 굴러 달빛 떨어진 뜨락에
갈 귀뚜라미 애잔한 울음 안 쓰려 하얗게 울어주리
달아 너도 사랑이 하고픈 듯 갈바람을 붙드는구나

붙든다고 머무는 게 사랑이 아님을
깨지고 깨진 심장에서 흘린 눈물 꿰매며 알았지만

그래도 이렇게 가을 한 밤이 오면
달빛 사랑스러워 잠 못 이루는 만큼 사랑을 하고픈데

달빛 기운 만큼 내 맘 흔들어 댄다
내 맘 아닌 듯 달 바퀴 또 저만치 굴러가고

떨어지는 낙엽 붙들지 못해 아쉬운 나무처럼
나 혼자 온 밤 뒤척이며 가을밤 저 달빛이
미웁다

겨울비

살짝 열린 창문 틈 사이로
후두둑 쏟아지는 겨울 빗줄기
슬쩍 내다보는 나의 마음속 눈에
비는 양동이 물 붓는 것 같다
불현듯 스며드는 깊을 외로움

볼 수 없고 갈 수도 없는 곳이기에
더한 것일까
하얀 편지지를 앞에다 둔 채
그냥 살며시 두 눈만 감고
딸아이 덧니 나은 웃음만 바라보네

하나밖에 없는 선물

여기 말없이 죽어가고 있는 한 사람이
자신의 부모님과 가족들을 설득하여
심장이 불편한 사람에게 이식을
시력이 불편한 사람에게 깨끗한 눈을 줍니다

자신의 육체를 떼어내서 다른 사람에게 주는 것
가족의 아픔을 겪는 만큼 매우 힘든 일이며
장애의 불편을 겪는 사람들에게
세상을 함께 살아갈 수 있게 하는 빛과 소금입니다

당신의 헌혈로 많은 사람의 생명을 구하며
당신의 기부로 많은 농아들이 수술로 생명 얻고
당신의 간과 심장이 건강해서 죽을 수 있는 사람을 살려
당신의 위대한 선물을 받아 빛을 보며 살아갑니다

내가 하고 싶어도 할 수 없는 것은 당신의 용기 있게
이식시술을 받고 싶어 하는 환자의 가족들에게
미소로 안정을 주면서 얼마 남지 않은 시한부 인생을
당신의 육체를 원하는 사람들에게 위대한
선물로 주고 눈을 감고 말없이 하늘로 떠나갑니다

장미꽃

나의 품의 한 아름 가득 앉은
장미꽃 한 다발도 아니었습니다

화려한 겉포장으로 장식한
커다란 상자도 아니었습니다
제게 당신은 잠시 머물다
사라지는 그런 선물이 아니었습니다

잠이 덜 깬 두 눈을 부비며
열어젖힌 문틈을 비집고
들어오는 아침햇살처럼…

엷게 깔린 연무 속에서
적막을 깨우며 노래하는
작은 새 소리와 같은…

젊은 날의 상념

지금처럼 단풍이 울긋불긋하게
온 산을 물들일 때 시원스레 펼쳐진
하늘을 올려다보기

뭉게구름은 저마다 멋진 형상들을
만들다 흩어진다
또한 형상을 만들어 가는 듯이 흐르고
세월 또한 구름처럼 흐른다

세상에서 무엇이 가장 소중한 것인지도
깨닫지 못한 채 이렇게 세월만 보내며
너무나도 행복하고 아름답던 옛 추억에 잠겨
젊은 날에 초상만 되뇌고 있네
높은 하늘을 올려다보며 지금은 어디쯤에
있을까 상념에 잠긴다

그리움

비가 오면 오는 대로 석양이 지면 지는 대로
누군가를 사랑하고 사랑받고 있음이
소중하고 중요하지 않은가

누군가를 마음에 담고 싶다
비록 내 마음에 잔이 작아
그 작은 잔에 자신을 맞추어
담을 수 없지만 함께 할 수 있는 벗

오랜 시간 함께하고 잘 익어 숙성이
되어 있는 인연처럼 영원한 벗으로 남고 싶다
혹
누군가를 내 잔에 담으려
누군가 잔에 나를 맞추려
한 적은 있었는지

그냥 알고 있는 것만으로도 웃음을 주는 벗
첫 눈을 바라보고 기뻐하며 마주 앉아
말할 수 있는 벗
그런 벗이 그립다
영원히 함께 할 수 있는 벗

망각의 겨울

눈에 덮인 겨울은 행복했다고 말하며
찾아온 봄은 잔인하다고 말하는 것은 이제
봄과 함께 시작한 삶의 치열함인가 싶다
위태로운 바위틈에서 파란 새싹을 내며
아직 얹힌 눈이 채 녹지도 않은 나무에서

겨우 눈을 피워야 하는 그 여린 생명들이
어쩔 수 없는 푸른 애처로움과 망각과 현실이
경계에서 남아지는 4월은 체념의 달이 이건을
공감하며
잔인한 달이라고 부르는 것을 공감할 수 있는
아픔들에 대한 애틋한 사랑 때문인 겁니다
생명이 있는 모든 것들에게 침묵하는 법을 가르치고
눈 덮인 상고대를 바라보는
지금은 겨울입니다

그림자

시간 이라는 도둑이 나의 밤잠을 조금씩 훔쳐가기 시작했다. 그로인해 나는 밤잠이 줄어 들었다. 이른 새벽 별이 지는 시간에 눈을 떴고 노을을 즐겼다. 어둠 속 이슬이 숨 쉬는 시간에 작은 하루 계획을 세웠다. 딱히 할 일도 없지만 그저 몸이 느려지니 하루가 더 없이 짧다. 준비하지 않으면 하고 싶은 일을 다 하지 못하는 일이 생겼다. 그래서 생긴 버릇인 듯하다.

우리 집 거실에는 동쪽과 남쪽 하늘 사이에 큰 창문이 있다. 어둠 그 틈 안에서 의자에 앉아 그 사이에 있는 창문을 통해 하늘을 본다.

그렇게 하늘을 바라보면 왼편에서 해가 오른다. 그리고 부드러운 햇살이 촉촉이 나를 두드린다. 상쾌한 하늘문 열리는 소리가 한없이 맑게 들린다. 타오르는 태양이 만든 뜨거운 소리에 영혼의 동지는 겁쟁이처럼 두려움에 떨고 있다. 그리고는 늘 그랬듯이 살그머니 내 뒤로 숨어 버렸다. 언제나 그 시간은 나를 미소짓게 했다.

아직도 나를 필요로 하는 이가 있다는 생각과 아직도 내가 누군가를 지켜줄 힘이 남아 있다는 생각에 흐뭇한 하루를 시작한다.

궁금하다 기억 속 작은 틈에 살던 그와 언제부터 이리 친해 졌을까. 외줄 타는 겁쟁이처럼 인생은 잊혀지지 않으려 아슬아 슬한 곡예사처럼 살고 있다. 마음 속 한 구석에 자리하고 있는 그는 자신의 공간 속에서 묵묵히 자기 일을 하는 장인이다.

　태양의 뜨거운 열기는 점점 무거워지기 시작했다. 그 무거움 은 계속해서 나를 짓눌렀고 나는 지쳐가고 있었다. 그런 힘들 어 하는 내 모습을 보았는지 그는 내게 그늘 바구니를 만들어 주었고 바람을 불러 주었다. 그 순간 바람향기가 뜨거운 내 몸 을 촉촉이 적셔주었고 그 속에서 날 쉬게 해 주었다.

　햇빛을 가장 무서워하는 그가 나에게 향한 무거움을 들어 주 었다. 우리가 친해진 날은 그때부터였을까? 시간이라는 도둑 이 나의 모든 걸 훔쳐 가더라도 나와 함께 할 인생 벗과 오늘 하루 많은 담소를 나눌까 한다.

　지금 이순간도 시간은 내가 가진 것들을 하나씩 하나씩 가져 가지만 나와 함께한 그것을 가져가지 못하리라 믿으며 오늘 하 루도 햇살의 투명한 선물을 받으며 하루의 계획을 풀어간다.

인생

-귀농

우리의 인생은 길지 않다
나를 사랑해 주는 이에게 모든 것을 다 주며
어깨를 빌려주고 싶다는
그런 인생을 살고자 한다
이젠 소중함을 놓치고 후회 하고 싶지 않다
진정 무엇이 소중한지 알기에…

계절의 길목

하얀 눈이 온 세상 하얗게 옷을
갈아입고 추위가 찾아오며
시간이 지나
흐드러진 살구꽃과 복사꽃을 이끌고
봄이 온다 겨우내 얼었던 대지가
기지개를 켜고 땅에서 보풀 거리는
생명이 움트는 소리가 들리면 따뜻한
감성도 함께 쏟는다

파릇파릇 돋아나는 새싹의 싱그러움과 함께
힘찬 봄이 오고 있다
오늘이 지나가면
내일이 오듯이 오늘 하루도
봄 맞을 준비를 하고 있다

망치

투닥 투닥 울리는 망치소리
공장에서 울리는 망치소리
가슴에 메아리친다

부모님 가슴에 못 박았던 지난 날
나의 망치질이
눈물로 씻을 수 없는
깊은 고통의 바다를 만든다
투닥 투닥
잘못한 망치질에 손가락이 찍히고
아프다는 생각보다는
어머니 가슴에 박힌 대못은
어찌 빼낼 수 있으랴

오늘도 부모님 가슴속 깊이 박혀있는
세상의 상처들
보듬으로 살아간다
망치질 소리가 더 커질수록
부모님 사랑이
가슴속에 살며시 들어온다

작업장

쓱싹쓱싹
공장에서 들려오는 재단기 소리
오늘도 재단기에서 잘려 나가는 많은 종이들
흐트러지고 고르지 못한 부분들이 잘려 나갈 때마다
깨끗한 새 종이로 만들어져 간다

쓱싹쓱싹
내 마음에서 들리는 소리
거친 마음이 잘려 나가고 찢겨진
부분들이 잘려나듯 옹골진 마음
모난 성품들이 전부다 재단되어질 때마다
새로워지는 마음이 생겨난다

쓱싹쓱싹
종이가 잘려 나가듯
구겨진 인생이 오늘도 잘려 나간다
쓱싹쓱싹

멀리 가는 인생

직선으로 달려가지 마라
아름다운 길은 직선은 없다
바람도 강물도 직선은 재앙이다
굽이굽이 돌아가기에
길고 멀리 가는 게 강물이다

아버지

참새 떼 깨알 같은 지저귐은 시작되고
목마름을 막걸리 한 잔으로 달래시고
금세 새마을 모자에 삽 한 자루 뒷짐 지고
헛기침 한 번으로 논으로 향하시던 아버지

한낮 태양도 굴하지 않고
온몸으로 맞서 속옷 부분만 빼고선
검게 그을리신 피부가 집에 놀러온
친구들에게 어찌나 창피하게 생각되던지
이제야 미안할 뿐입니다
길게 패어진 주름으로 미소 가득 담아
손주들 손을 잡고 논으로 다니신 아버지가 무척 그리운 오늘입
니다

계절의 여왕

봄은 시작이고 생동감이다
거둬들이는 가을은 슬픔도
이별의 아픔을 노래 하지만
봄은 산뜻한 출발이고 행복을
안겨다 주는 축복을 찬양했다

모두에게 두근두근함이 가득한
계절이기도 하다
봄은 약동적인 청춘이라고 했다
겨우내 움츠렸던 길고긴 동면을
견뎌내고 만연을 위한 계절은
여왕이며 축제의 장이기도 한 것이다

봄꽃

산들바람에 꽃가루 날리우듯
사뿐한 걸음과 금방이라도
봄바람에 춤출 것 같고
화사하게 차려입은 얇은 옷은

봄꽃을 연상하는 게 아닌가
싶기도 하다
봄날은 가슴을 들뜨게 하고도 남음이 있다

많은 시인들이 봄을 극찬하고
가수들은 봄을 주제로 노래를
부르며
청춘을 토하기도 했다

여정

-겨울 여정

겨울의 삶이 주어진 인생인줄로만 알고
어느 정도 단념한 나날 속에서 지내 왔는데
이제와 뒤돌아보니 지난 여정들은
그리움과 서글픔을 마음 가득 품어왔다

이제 지난 여정 고요히 흘러간 시간들
세월에 맡기고 떠나보내려 한다
어느 정도 기나긴 겨울의 삶을
끝마쳐 가고 있다

이제는 따사롭고 포근하게
살고 싶다

어머니의 기도

모든 게 멈춘 적막한 이 순간에도
나는 언제나 쉬지 않고 돌아가는구나
너와 함께 흘러가버린 세월
지내 내 모습은 어떠냐고 속삭이며 돌고 있겠지

사랑하고 존경하는 우리 할머니 꽃가마 타고
하늘나라 여행 가실 때에도
우리아들 무탈하라 새벽기도 올리시는
우리엄마 장독대 앞에서 순간에도

한정되어 있다며
다른 사람의 삶을 사느라 낭비하지 말라며
너에게 미안하다 부끄러운 지난 일들 다 잊고
후회하지 않는 미래를 만들어 보라며
오늘도 쉬지 않고 돌아간다

이제는 내가 먼저 부끄럽지 않은 당당한
모습으로 널 기다릴께

사랑하는 그대

나의사랑 그대 함께 하나니
맑은 물살은 노을빛에 물들고
순풍에 물결은 잔잔히 인다
유유히 흐르는 물줄기는 길다랗게 끝이 없고
맴돌고 맴돌다
여울물이 되어 지나기도 하네
소용돌이 시달려 지쳐 쉰 곳도 있음에
때가되고 시간이 되면
스스로 여위기도 하는 것
길고도 오랜 기다림을 맞는 당신
그대는
뼈마디를 잇고 이은 대간의 산맥
사시사철 편식 않는 건강한 당신이여
봄, 여름, 가을, 겨울
물살의 사랑을 호위 했나니
이제 오래고도 사랑의 기다림 당신을 성찬합니다
함께 있으니 함께 맞으니
풍악소리 물고기도 저리 반기고
잠잔 듯 고요한 곳
물살과 시간이 하나 되어 있나니
호수에 힘찬 날갯짓 한 번 더 반기게…

화인이 되어버린 어머니

타다만 장작개비의 숯검정 속에
어릴 적 매질하던 나의 어머니가 들어있네
군불 때서 다섯 가족 엄동설한 견딜 때
뛰어 놀다 내려앉은 구들장
어머니는 회초리 들어 훈육하고
아들은 야속함에 닭똥 같은 눈물
제 손등에 후드득 떨구었네

그날 밤 수리를 할 수 없어 냉방에서
어머니는 체온으로 새끼를 보듬었네…
가난보다 무거운 두툼한 명주이불
자꾸 아들 쪽에 감싸주고

어머니는 한기 다 받으며
자식새끼들 춥지 말라며
육전모아 구들장 펴질 때까지
몇 날을 그렇게 보듬어 품었네
그해 겨울 찬바람에
얼 듯이 굳어버린 어머니의 허리는
세월의 무게가 아닌
사랑의 무게만큼 휘어있네

하얀 세상의 인연

부끄러운 시간들이 강물처럼 흘러가고 있다
사랑하는 가족을 남겨둔 채 절규하는 세월의 뒤편에는
아직도 흘려야할 눈물이 하얀 약속처럼 내 작은 베갯잎
사이사이 핏물보다 붉게 스며들고
이별보다 많은 심장이 된다 작고 여린 눈물이 되고
길 잃은 밤의 숲속에 아직도 무서운 옛날이야기가
가득하고 어두운 방을 빛내던 달빛은 오늘도 나의 어둠을 용서한다
달력을 지우다 반짝이는 별 하나를 주웠다
마음은 골짜기 주름 같아 희망의 길 따라가면 갈비뼈 사이사이 몰래
감춰진 어여쁜 사람 하나
작은 물방울처럼 여울진 그리움 하나
나대신 몰래 울어줄 마음속 착한 사람 하나 있었으면 좋겠다
살고 싶은 내일이 말랑말랑한 눈물처럼 굴러가는 새벽녘
세월에 지워지는 하루하루는 오늘 같은 내일 내일 같은 오늘
사랑했다는 말도 눈물도 지워지고 기다린다는 눈물로 지워지고 보고
싶다는 말만 마지막 인사처럼 남았다
아…목숨처럼 긴 하루 아이의 걸음마처럼 더딘 세월
갇힌 날의 힘없는 그리움이여… 밤새 울어도 하얀 세상이
인연은 아직 끝나지 않았다

바늘과 실

신이 사용하는 실로
바늘인 우리는
사연의 옷감을 짠다

그 속에
각양각색의 인연들로
수놓는다

혹 실타래가 엉켜
악연의 수를 만들더라도
우연으로 된 것이 아니니
참회의 꽃으로 덮어보자

그 옷을 입는 자는
멋을 아는 자가 되고
필연으로 아름다운 인연을
만들게 되리

겨울의 인연

바람 많아 추운 날
겨울 가득 품은 첫눈이 내린다
소담소담 순결한 송이송이는
겨울바람에 야윈 나뭇가지 끝에 숨어
봄을 피울 인연이 되고자 새 돋움하고
향기로 눈꽃 하나 피워낸다

첫눈은 언제나
사랑 잃어 마음시린 이에게
따뜻한 손 되어 주고
사랑 앓는 시름 겨운 이에겐
뜨거운 심장으로 피어나는
인연의 꽃으로 온다

첫눈은 항상
겨울 깊은 마른 삭풍 속에서도
그대 가슴에
우리 가슴에
따뜻함 키워내는 희망
첫눈은 그렇게 하이얀 등불 되어
가녀린 가지 끝에서
봄을 이어주는 인연의 선물인 것이다

생각

인연은 그리움 속에 산다
떠나보낸 이별들을 그리워하며

추억이라는 이름으로 어우러져
옛 모습 그대로 환하게 반겨주고 세월을
머금고 역사가 되어 살아 숨 쉰다

난 오늘도 인연들 속에 산다
고단한 삶의 강에 인연의 징검다리 놓아가면
한발 한발 조심히 내 딛는다 기억… 그리움
그리고 사진첩 속 역사가 되어줄
내 소중한 인연들과 함께
낡은 사진첩 속에도 산다
잊고 살았던 기억…

기억

인연은 기억 속에 산다
즐겁고 행복한…
슬프고 아픈 이름으로
나를 웃기기도 하고
울기도 하며 갓 잡아 올린 생선처럼
싱싱하게 살아 숨 쉰다

인연은 그리움 속에 산다
떠나보낸 이별들을 그리워하며
새롭게 찾아든 풋풋한 사랑향한
애끓는 심정은 어느새 꽃이 되어
진한 향기로 감성을 자극한다

봄바람

봄 향기 가득히
바람에 꽃잎 휘날리고
지저귀는 저 새들 소리에
어둔 밤 깊어지면
그리움이 사무치네

마른 화분

15척 커다란 화분에 담긴 흙은
수많은 발밑에서
이제는 고운 고물이 되어 신발 덮고
이따금 바람을 타고 먼지가 되어 피어오릅니다
메마른 땅 각박한 인정을 적셔줄
굵직한 빗줄기가 몹시 기다려집니다

샘이 깊은 물

내 마음에는 심한 가뭄에도 끄떡없는
깊은 우물이 있습니다

지심을 꿰뚫고 흐르는
큰 물줄기와 만난 이 샘에는
언제나 싱싱하고 정갈한 생수가
보석처럼 반짝이며 담겨 있습니다

대지의 길은 가슴에 품은 이슬줄기
끊어도 끊지 못하고
물 쓰듯 물을 쓰지 못하지만
내가 되어 바다에 들지는 못하지만

깊은 물속에 사는 한 울림들의 더위를 가셔주고
메마른 가슴에 묵힌 사랑과 지혜의 힘을 깨우며
때로는 고요한 명경이 되어
잊었던 하늘은 구름을
그리고 우리의 얼굴을 찾아줍니다

거울

새장 속에 거울을 넣어두면
새는 더 오래 산다고 합니다
한 번도 내 안으로 날아든 적 없어
다만 그 지저귐만으로 친한 사이지만

여름 나무 속의 무성한 새소리는
큼직한 마음속 거울입니다
꾀꼬리 소리 너무 고와 귀 간지럽고
뻐꾸기 소리 구성져 산을 깊게 만들어
한가롭게 앉아 맞을 수 없게 합니다

3부

어떤 아픔 어떤 슬픔

어떤 슬픔보다
견디기 힘든 슬픔은
사랑하는 이가 내 눈 보며
우는 것을 바라만 보고 있어야
한다는 것입니다…

어떤 아픔 어떤 슬픔

어떤 아픔보다
찾기 힘든 아픔은…
사랑하는 이가 내 눈을 보며
눈물을 흘리는 것이고
어떤 슬픔
어떤 슬픔보다
견디기 힘든 슬픔은
사랑하는 이가 내 눈 보며
우는 것을 바라만 보고 있어야
한다는 것입니다…

심증

무심코 그려지는 내 모습은
내 마음 따라 피어나고
가까이 다가가려 하면
멀어져 가는 내 모습
네 속에 네가 없음에
안타까움만 가득하니
이내 텅 빈 가슴
무엇으로 채울까나…

널 위해서라면

네가 걸을 때
난 너의 발을 부드럽게 받쳐주는 흙이 될 거야
네가 슬플 때
난 너의 작은 어깨가 기댈 고목나무가 될 거야
네가 힘들 때
난 두 팔 벌려 하늘을 떠받칠 숲이 될 거야
내가 고통일 때
난 너에게 용기와 희망을 주는 내가 될 거야

나가 부러워

저 멀리 푸른 창공을
쉼 없이 날아대는
비둘기와 참새

빙빙 돌며 어디에 앉을까
빙빙 돌며 무엇을 할까
빙빙 돌며 무엇을 볼까
잡념도 많이 하네

저 높고 멀리 교회 십자가에 앉아
복사님 기도에 귀 기울이고
아파트 베란다에 앉아
연인의 사랑담 훔쳐보고
거실 창문에 앉아 살림도 점검한다

푸른 창공 스스럼없이
나는 평화의 상징인 비둘기야
더 높고 날고 날아 나의 님께
나의 소식 전해주렴…

그물

문득 하늘을 올려다보았습니다
푸르른 하늘에 그물이 드리워져 있습니다

어릴 적 학교 주변에 있던
포플러 나무 역시 그물이 드리워져있습니다

저 멀리 깜빡 거리는 네온 싸인들
항상 제 자리를 지키고 있는 아파트 숲
교회의 십자가

눈앞에 펼쳐진 모든 풍경에
그물이 드리워져 있습니다

내 자신도 나의 삶도
내가 스스로 그물을 드리우고 말았습니다

그물 속에 갇혀 내 스스로를 자책하며
괴로워하고 있습니다

시작을 위하여

나는 오늘 새로운 인연 앞에서
운명처럼 비릿한 새벽바다가 되었습니다
내가 어디에서 시작되어
이 몽롱한 밤바다의 우거진 별 속을 헤매게 된 것인지
본래의 하늘 바다에 타고난 인연 이였는지
또는 삶의 노상이 부질없는 인연 때문이었는지

흠칫
날카로운 지탄을 받아 밤바다를 질주하면
그 푸른 시간들이란
차디찬 늦가을 시린 아침으로 항해를 끝내고
지난 그 뜨거웠던 여름 아침을
영광으로 행진하던
그 나팔꽃 잎새를 나는 바스락 밟으며
아픈 삶의 마디마디를 걸어갑니다

오늘 내가 밟은 아픈 낙엽 한 잎은
다시 만날 부드러운 인연의 또 다른 날이기에
새로운 시작은 항상 외롭지 않은 삶의 희망이 아닐까

봄이

작고 연약한 것들과 시작 하는 것이
얼마나 고마운지요
어느 싹 어느 잎 어느 꽃 하나도
크고 강하게 시작하지 않아요

작고 여리게 부드럽게 은밀하게
떨리고 설레며 시작하는 것을 보면서
위로와 격려를 받지요

나의 시작도 그러니까
나에게도 봄이 오니까요
나에게도 결실이 있을 테니까요

달 속 어머니 모습

스산히 다가오는 가을바람에
고개 들어 창밖을 보니
둥근 달 속에 슬픈 미소 짓는 어머니

슬픔 주름 가득한 모습에
메마른 어깨가 시린 것은
주름진 세월을 내가 만든 까닭이구나

겨울 앙상한 나뭇가지 같은
손 한 번 따스히 잡아드리지 못하였으니
광야의 까마귀보다 못한 불효자였네

기울어가는 그림자 같은 내 인생 지금에
세월은 기다려 주지 않으니
나를 향한 원망이 끝이 없다네

꽃 진자리 열매 맺듯
슬픈 미소 지워내고
이제는 어여쁜 새색시
미소로 드리고 싶네

배움의 소중함

배움이 소중한 만큼
쉬이 흩어져 버리는 것

너무 자만하고
잠시만 시선을 외면해도
훅 하나 날아가 버리는 것
한 순간 한마디의 말로서
이루어질 수 없는 것

어쩜 그저 그렇게
일정한 마음의 간격을 둔 채
묵묵히 흐르는 침묵일 수도
그는 어깨를 내주었지만
홀로 아파했던 그 기억

그리고 선생님의 어깨가 사라진 지금
조금씩 알아가는 마음

청출어람

누가 말했는가
개 꼬리가 단비를 있는 다고
바다보다 깊고 하늘보다 높아
볼수록 파래지고 움킬수록 붉어진다
그대의 열정
상처와 옹이 들로 얼룩진
잿빛 삶의 여정 속
해당화 섬 마을 진분홍 등대
순항의 밤향기
그대의 유산
살아갈수록 높아간다
생각사록 깊어만 간다
5월의 봄꽃 사랑 빛 향기
우듬지처럼 부드러우나 청솔의 가시 되어
나의 심장에 물들인다
그대의 숨소리
어느 누가 말했는가
쪽빛이 파랑보다 곱다고
누가 말했는가
누에 뱃속에 비단이 있다고

상록수

초록빛깔의 새싹이 돋아나는 봄의 알림 속에
고단한 나뭇가지 어디 쉴 곳 없어
열매 맺을 날을 기다리네

푸르름 만끽하는 여름햇살 속에
주름 깊은 나뭇가지 땀을 훔쳐가며
열매 맺을 날을 기다리네

곱게 물든 나뭇잎을 즐길 가을에도
등이 굽은 나뭇가지 시린 아픔 참아가며
열매가 또 다른 나무가 되길 기다리네

모두가 떠난 차디찬 겨울
마른 나뭇가지 위에는 새하얀 눈꽃이 내려
아름다운 잠을 청하는 나무만이 남네

그렇게 나무는 아름다운 잠을 청하며
새로운 나무의 곁을 지키네…

부담스러운 마음

무엇이든 담아 넣어도
견뎌낼 수 있을 것 같았습니다

나만 괜찮다면 그 무거운 짐이라도
이겨낼 수 있을 것 같았습니다

하지만 가방 속에 마음을
조금씩 조금씩 담아 넣다보니

어느덧 마음에 짐이 너무나 가득 차
이젠 그 마음의 짐을 내려놓으려 합니다

가방끈이 끊어져 버리면 그 동안에 견뎌왔던
내 마음의 눈물을 다 흘려버려야 하니까요

딸아

똑똑
나의 딸들 소영, 주영이가 그리움의
노크를 하네요
아빠가 보고 싶다고 하네요
꽃망울 틔우다 지치기도 했을 텐데
별이 지고 외롭기도 했을 텐데
새벽이슬 흠뻑 젖어 한기도 왔을 텐데
밤사이 민들레꽃이 곱게도 피어 있네
긴 밤을 건너오며 가슴이 시리고
틔우는 망울마다 아픔도 왔을 텐데
떠오르는 햇살에 움츠렸던 나래 펴고
길가에 민들레꽃이 곱게도 피어 있네
멀리 떠나 가버린 사랑하는 사람도
꽃망울 틔우고 피어나는 민들레처럼
이제는 활짝 피어 웃음 날리는
희망의 나래 펴고 살았음 좋겠네
나와 우리 모두의 꿈이
이제는 활짝 날아오리라…

추억이 된 겨울

흰 옷 입은 산머리에 눈썹달이 요염하다
샐쭉한 손톱달이 버들낮을 비춘다
오늘은 음력으로 스무 아흐레 다시 한번 달력을 본다
20년 전에 나는 겨울 아이를 얻었다
시 같은 말을 조잘거리던 그 아이가 벌써 대학생이 되었다
백설기 잘게 부숴놓은 듯한 길 위로
땅거미 어둑어둑 내리는 오후
콩깍지 잉걸불처럼 발갛게
달아오를 저녁노을이
아득한 사진첩 속 겨울 아이가 뛰어 노는
그 모습을 환하게 비추며 달맞이를 한다
손톱 끝에 눈썹 위에 대롱거리며 매달린 듯
아련한 저 달빛 아래 흰 눈 소리 없이 내린다
겨울이 익는다
어디 봐도 하얗다 그래서 눈이 살찌는가 보다
구멍 속으로 파고드는 동물과 곤충들이
너그러운 하얀 겨울은 고마워한다

지난 것들에 대한 추억

여닫이 문틈 사이로 바람막이 문풍지로
마당을 휘감고 도는 매서운 삭풍을
이겨내지 못하고 떨고 있다
자식들 잘 자라고 지펴놓은 구들장
아랫목도 서서히 식어간다
을씨년스러운 한겨울 여명이 찾아온다

손등은 가뭄 날에 논바닥처럼 쩍쩍
갈라져 있어도 나의 동무들을 찾는다
집 앞 미나리꽝은 동장군 덕에
밤새 스케이트장이 되었다
친구는 칼 스케이트 나는 철사 스케이트
울퉁불퉁 빙판 장을 내달린다
시린 손 호호 불며 물젖은 양말
미나리 둑에 널던 그때 그 시절
동무들과 함께 했던 유년시절 스케이트장
이제 그곳은 대단위 아파트 단지가 들어서고
둘도 없는 셋도 없는 하나 뿐인 단짝 내 동무
그 친구도 내 곁을 떠난 지 오래다
미나리꽝 스케이트장이 그립다

여명

날선 톱날에 잘리고
섬뜩한 대팻날에 깎이고
거친 사포에 할퀴고
각진 모서리에 닳아 둥그러지는 게
나무만은 아니다

잘리고 깎이고 할퀴어
떨어져 나가는 것들로
어지러이 흩어져 날리는 게
톱밥만은 아니다

생장과 소멸의 순환 속에서
나이테로 세월을 기억하는
침묵의 긴 그늘 드리우고
막연한 그리움 더듬는
눈부신 햇살 기다리는 게
너만은 아니더라

어느 겨울밤에

함박눈은 밤새 창문을 두드리고
나는 이미 차게 시어버린 어깨를
한숨과 함께 이불속에 밀어 넣었다
밤은 깊어 가는데 잠은 오지 않고
시린 눈꽃들의 이야기만 거미처럼
벽을 타고 천천히 내게 다가왔다

가슴 떨리던 봄날의 푸른 기억과
술에 기대어 사랑을 잊던 청춘과
떠나가 버린 사람에 대한 미련
지나간 것들에 대한 아픈 사연
눈송이 위에서 이리저리 흔들리고
시간은 이내 새벽을 향하고 있었다

분주히 흩날리는 눈의 이야기도
눈을 따라 찾아온 지난 후회들도
마지막 열차에 실어 떠나보내고
나는 오랜 기억에 지쳐버린 몸을
한숨과 함께 이불속에 밀어 넣었다

마음의 수평

연못가에 앉아
작은 막돌 하나 던진다
어지럽게 이는 파문
주위가 술렁거리며 물고기가 모여든다

그 뿐이다
조금 지나고 나면 물고기 흩어지고
파문은 지워지고
막돌은 저절로 가라앉는데

그것 몸 참아
화내고 대적하고 스트레스
만들어
큰 바위 등에 지고 살아가는
나의 심연

오늘도 연못가 모퉁이 앉아
심연에 들어온 막돌 가라앉히며
마음이 수평이 될 때까지 기다린다
참는 법을 배운다

무지개

만 대 산
절벽 위에 걸쳐있는
하늘빛이 너무 고와

무지갯빛 머금은 하늘
색종이 삼아
내 마음의 꿈 함께 접어보니
하나 둘 생겨나는
상처의 선들이 가슴 아파

잘못 접은 선
깨끗이 펴고 싶지만
그 선 쉽게 지워지지 않네

바람아

바람이고 싶다
바람이 되고 싶다

잔잔한 물결
거친 파도 만드는 그런

알찬과실 맺은 나무
거칠게 흐르는 그런
그럼 바람이 아닌
놀이터에서 노니는 우리
아이들
산들하게 땀 식혀주는 그런

사랑하는 나의 아내
머릿결 사이로 부는 그런
그런 바람이 되고 싶다

기억

안개 사이로
십분 쯤 늦은 열차가 플랫폼에 도착한다
비둘기호 완행열차 안은 언제나 만원이다
자리를 잡지 못한 건 내 탓이 아니라
재수 탓이라고 중얼거리던 사내가
지나가는 판매 리어카에서 삶은 계란을 집어 든다

늙은 얼굴에 가로로 매달린 세월이
마주앉은 초상화 같은 얼굴에서 소주를 건넨다
출입구 옆 낡은 가방 위 화투판에서는
욕설이 튕겨져 나온다
욕설이 때로는 희망이 되는 것
서서 흔들리는 사람이 고개를 끄덕인다

어둠이 풍경을 지워버린 창에
그들의 인생이 대신 찍힌다
잠들었던 불빛 깨어나는 새벽
수많은 사연들을 삼키고 게워내며
기차가 도시 속으로 스며들면
잠시 벗어둔 허름한 일상을 팔에 꿰며
십분 쯤 늦은 인생들이
안개 속으로 내려선다

이제는 이런 기억조차를 느껴 볼 수가
없어 먼 옛이야기로 기억될 뿐이다…

햇살 담은 포근한 바닷가

탐스런 홍시 감빛
햇덩이가
수평선 위에 둥실
떠다니고 바다도
하늘도 홍시 물든
바닷가에 이따금
물 위로 갈매기가 날아든다

모래 위로 뒹구는 조개
껍데기에
어떤 이는 추억을 만들고
하얗게 밀려오는 파도의
손짓에
어떤 이는 옛 추억을 떠
올렸으리라

곁

나의 옆에는 가족 옆에 친구
내 옆의 이웃 내 곁의 동료
인생에 있어서 너무나 소중한 존재들입니다
우리는 종종 그들이 떠나고 난 자리가
커 보일 때가 있다
비로소 그대들이 내게 있어서
얼마나 소중한 존재이었던가를 뒤늦게
깨닫게 됩니다

함께했던 그건 마음을 잊고 살기
때문일 것입니다
우선 사는 것이 힘들고 바쁘게 살다보니
그런 마음을 가질 겨를이 없습니다

분홍빛 인생

수없이 오랜 시간들을
달리고 또 달려간다

오늘 지내온 나의 시간들은
하얀 종이 위에 다시 그려본다

남은 시간들
아름다운 분홍빛으로
가득하기를

회상

이 땅에 발을 딛기 시작하여
지나온 수많은 날들아
너는 지금 어디에 있기에
난 제자리인 것이더냐
이렇게 흘러가다 보면
우린 또 다시 재회를 기약하겠지
나에게 정말 좋았던 날들아
어서 빨리 다시 와주렴…

가질 수 없는 사랑

우리 사랑은 볼 수도 없습니다
만날 수도 없습니다
서로가 이룰 수 없기에
우리 서로 애절하나 봅니다

우리사랑 바라만 보겠습니다
그리워만 하겠습니다
나이렇게 그대를 그리워하다
이대로 돌이 될지라도 기다리렵니다

인연

잊혀지는 인연보다
만나지는 인연이고 싶다
영원히 잊혀지지 않는 소중한 인연

해와 달과 별과
세상 속에 지어진
아름답고 빛나는 이름처럼
우리 삶속에 부딪기면서도
정든 마음 따뜻한 마음으로
허물없이 서로를 감싸 줘야지

흔적도 없이 어디론가 숨어 버리고
바람같이 붙잡을 수 없는
뜬 구름 인연보다

우리 서로 가슴 가득 차올라
언제 어디서나 필연처럼 만나지는
잊혀지지 않는 소중한 인연이고 싶다
사념의 인연이 아닌 필연 인연으로…

세상에서 가장 아름다운 말

사랑한다는 말보다 더 애절한 말이 있을 줄 알았습니다
보고 싶다는 말보다 더 간절한 말이 있을 줄 알았습니다
사랑하는 연인들의 호기심어린 눈동자를 벗어나
그렇게 오랜 시간동안 숨어있던 그대만을 위해 쓰여질
그 어떤 말이 따로 있을 줄 알았습니다
그대만을 위한 아주 특별한 고백을 할 수 있기를 바랐습니다
하지만 난 오늘도 여전히 그대에게
사랑한다는 말 밖에는 그 어떤 그리움의 말도 나는 찾지 못했습니다
그래서 늘 언제나 그대에게 쓰는 편지의 시작은 사랑하는 보고 싶은
하지만 그 마음은 너무나도 따뜻한 그대이기에
그대를 위하여 쓰여진 내 평범한 언어들은
그대 마음속에 서는 별이 되라고
그렇게 세상에서 가장 아름다운 말이 되라고…

삶

파도 위에 넘실거리는
작은 배처럼
인생의 뚜렷한 목표도 없어
오늘도 시간만 흐른다

아주 깜깜한 밤에
작은 성냥불의 절실함을 느끼며
오늘도 헤매고 있다
살다보면 살아지려나

비에 대한 짧은 사색

하루 종일 비가 내립니다
겨울의 끝자락에서 만나는 비기에는
벅찰 정도로 내립니다

겨우내 묵었던 찌든 때를 씻어내려는 듯
시원하게 쏟아집니다

이곳에서 지난 겨울동안
눈다운 눈을 못 보아서인지
이 비가 함박눈처럼 반갑기만 합니다

쉴 새 없이 쏟아지는 저 빗속에 내 몸을 맡기면
내 몸이 흔적도 없이 녹아내리지 않을까
그리고 다른 곳에서 새로운 빗방울로 태어나
좀 더 멋진 세상에서 뿌려지지 않을까
그냥 이런 생각을 잠시 해봅니다

인생

코스모스가 피었습니다
벚꽃이 피어 하늘에서 꽃눈이
내리듯 기쁜 그 시간은 어디에

바람에 흔들리는 코스모스
조용히 흐르는 시간의 굴레는
마음마저 차분하게 하는 구나

스치는 세상 속에서
나의 마음은 그대로인데
계절의 변화는 계속된다

세상속의 시간은
찰나인 순간을 보내고
나도 늙어 가는구나

영혼을 잃은 나

어리석은 나를 비웃듯 짙은 어둠이 내려
두 눈을 가둬 버리고
기억조차 없는 블랙홀에서
나의 모든 것이 멈춰버렸다
잠깐인 듯 오랜 시간이 흐른 뒤
어디선가 두 눈을 파고드는 흐린 빛

눈물로 이어둠을 지워 나를 깨우지만
지옥에서 돌아온 난
이미 악마에게 영혼을 빼앗겨 버린
빈껍데기일 뿐

나 자신조차 지키지 못한 현실은
영혼 없이 서 있는 허수아비

4부

코스모스 길

누군가는 말한다
낙엽 지는 이 가을엔 코스모스 많이 핀 한강둔치
깊은 상념에 잠기어 걸어간다고

코스모스 길

누군가는 말한다
낙엽 지는 이 가을엔 코스모스 많이 핀 한강둔치
깊은 상념에 잠기어 걸어간다고

누군가는 말한다
가을은 낙엽 바스라히 부서지는 마른 잎 되어
분홍빛깔 고은 꽃잎 서로 어울려
불어오는 가을바람에 날려 없어져 간다고

누군가는 말한다
이 계절이 지나고 추운 겨울을 보내고
다시 또 봄이 오고
다시 분홍빛 코스모스 길을 걸을 수 있다고

내 님

벨 수 없는 물처럼
잡을 수 없는 바람처럼

흐르는 물처럼
스쳐가는 바람처럼

잡을 수 없기에
머물 수 없기에
떠나버린 내 사랑하는 님…

풀밭

억수같이 내리던 비가 갠 뒤
움푹 패인 뒤 마당 웅덩이
쪽빛 하늘의 뭉게구름 담아놓고
우리 같이 흘러가자 쬐고 있다

참으로 오랜만에 장이 섰는가
노랑나비 낮술에 취해 하느적거리고
방아깨비 휘리릭 날아와
구림 볼기 쿡쿡 찔러 대는데

떨어진 루드베키아 꽃잎
나도 함께 흘러가자
발등에 올라타…

농군

동트기 전 들판으로 향한다
일터로 내딛는 힘찬 발걸음에
새벽이슬이 내렸다

여명에 하늘이 열리고
떠오르는 태양은 대지를 깨우며
오늘도 감사하며 흙에 안긴다

자연은 인간을 속이지 않는다
땅도 농사꾼을 속이지 않듯이
땀 흘린 대로 거두리라…

저녁 종소리에 지친 일손 거두면
붉은 노을이 무거운 어깨에 포근히 감싼다
밥 짓는 연기가 마을 굴뚝 여기저기에
피어오르고 한 해 농사에
수확의 꿈도 피어오른 듯하다

나비처럼

누구의 마음이 저리도 아름다운가
고요로히 내 곁에 날개 접는 한 마리 나비처럼
무얼 기다리는 마음처럼
빛으로 넘치는 꽃잎에서
피어오르는 향기로운 빛깔 같은 나비처럼

나 죽어가는 한 순간에도
저 무수한 꽃술마다
나의 영혼을 남기리라

꽃의 가슴에 환희를 부어주는
나의 입술의
나의 외침을
오늘은 종이 되어 울리고 싶다…

향수

산길 옆으로 온갖 밭들이 조화로움 속에서
펼쳐져 있고
봄이 오면 갖가지 이름 모를 들꽃들이
아름다움을 연출시키곤 했었는데
이젠
그런 풍경들을 어디 가서도 찾아 볼 수가 없다
단지 내 기억 속에서만 영원히 아름답게
존재되어 있다는 것뿐이다

어릴 적 함께 놀던 친구들의 기억 속에서도
나처럼 고형의 풍경을 가슴속에 그려 놓고서
살아가지는 않을 런지 세월의 흐름 앞에서
우리들은 늙어 가고 있지만
고향에 대한 그리움과 향수만큼은 더욱
더 짙게 가슴속에 풍겨져 나오고 있다

잡고 싶어도 잡을 수 없는 그 세월
이제는 그냥 놓아버리고
고향의 향수를 그리워하면서
살아가련다…

사계

봄은 겨울을 품어 꽃 피우고
여름은 오색 가을 탐내지 않으며
가을은 더 바랄게 없다 하는데
욕심 많은 겨울은 모두 다 가지려 했나보다

그래서 겨울은
벌거벗은 모습에 빈 가지만 남아
차가운 어둠에 짓밟히고
시린 칼바람에 베여 상처뿐인 계절

그래도 살고자 하는
이 계절 버릴 수 없이
하늘에서 아낌없이 흰 눈을 내려
그 모습 하얗게 덮어 주는가보다

이 밤도 차가운 어둠속에 달무리 지붕삼아 시린 칼바람
견뎌 또 하루를 살아 내면
겨울 닮아 빈가지 뿐인 내 가슴에도
흰 눈 사뿐히 내려 욕심에 검어진 가슴
하얗게 덮어줄까…

창밖에 벌써 흰 눈이 내려
겨울을 재촉하고 있다…

이별

칼날 같은 분노로
임자의 영혼 앗아간 모지리

소금보다 짜고
고추보다 맵고나

검산 같은 당신 마음이
정원을 장중에 지어준들
아카시아 꽃향기를 코끝에 대어준들
임자의 뜻을 내 어찌 알랴

산 넘어 산이 두려워서
물 건너 물이 두려워서

가을 향기

눈이 시리도록 푸르고 높은 하늘
울긋불긋 물들이는 고추잠자리

푸르고 높은 산자락을
총천연색으로 물들이는 단풍 물결

해질녘
은은하게 풍겨오는
흙냄새인 듯
낙엽냄새 인 듯
아련히 젖어드는 추억의 향기

달 밝은 새벽녘
찌륵찌륵 들려오는 기분 좋은 선율
시원한 바람 맞으며 가을을 찬미하는
그들만의 연주회

참회의 눈물

눅눅한 종이 상자 속
안을 가득 채운 이곳 특유의 향취

강을 그린 지난날의 추억
그리움만 사무치고
언젠가 다가올 그날
아직도 멀고도 험한
길이건만…

지나온 과거사 깨끗하게 지우고
이제는 뒤돌아보지 않고
천천히 내가 가야할 길
밝은 내일을 위해서…

가을

가을이 깊어 가지 숲은 낙엽 지는데
해는 저물어 산새는 둥지로 돌아가제
시의 흥차는 넓어서 다 함이 없으며
풍경이 아름다워 시제가 절로 떠오르네
곧 겨울이 되어 색을 잃어버린 많은
것들이 얼마나 처절하게 자기 빛을
발하고 있는지 하늘은 얼마나 파랗고
나무들은 선명한지…

물은 구불구불 흘러 시내를 이루며
땅은 높고 낮은 산을 이루었제
그 흥류 속에 그즈넉이 자리 잡은
산사의 그윽함이여…

칼국수

아흔 해 한결같이
옥잠화처럼 살아오신 할머니
애틋한 정이 숨 쉬는 뜨거운 칼국수
시집살이 보다 더 매운 가난의 한을 뭉쳐
응어리 진 설움의 덩이 밀대에 올려놓고
투덕투덕 국수판 피며 눈물 소금 간이 된다

애호박 삭삭
풋고추, 대파 송송
애끓는 국수물 속에 한을 푸시는 울 할머니
해질녘 돌아가는 길
손 흔드시는 할머니

고달픈 삶의 세월에 눌려
휘어진 허리 땅에 붙어
난장이가 되신 울 할머니가 홀로 서 계신다
내 손 잡은 어머니의
손이 부들부들 떨리고
두 눈에 눈물 강 이루며 돌아서시는
두 모녀…

산사의 하루

새벽안개 산기슭에 피어오를 때면
불경소리 목탁소리 울려 퍼지고
은은하게 들려오는 풍경 바람이 불어 울려 퍼지고
고요한 산사의 아침을 연다

고독한 수행자의 고뇌와 번민
어둠의 무게만큼 어깨를 누르고
적막을 가르는 죽비소리
산사의 하루가 열린다

눈부신 햇살이 안개를 걷어내고
산새들 지적이는 노랫소리 흥에 겨워
나뭇잎 바람결에 춤출 때
숲속은 합창소리 더 높아만 간다

태양은 스러져 붉게 물들고
숲 그림자 오솔길 드리우고
바람도 내려앉아 지친 몸 기댈 때
산사의 저녁은 어둠으로 덮힌다

숨비 소리

지평선과 맞닿은 바다
집 앞 텃밭 삼아
오늘도 어김없이 태왁을 메고
물질 나가시는 해녀들

한 평생 물 위에 태왁을 띄우고
깊고 푸른 물속에 보물을 캐러 들어가신다
한참이 지나서야 휘이 휘이 숨비 소리를
내시며 세상 밖으로 나오신다
여기저기 들려오는
희로애락 숨비 소리
자식을 위해 거친 파도가 와도
사투를 벌이시는 울 어머니 할머니들의 숨비 소리
슬피 울음 같은 애절한 이 소리
오늘도 귓전을 때리네…

깨달음

친구를 찾아 심회를 논하매 실로 가히 슬프다
경연토록 열반당에 한가하게 누었도다
문가엔 가객이 없으며 창가에 종이가 없다
화로에는 식은 재가 있고 자리에는
차가운 냉기만이 있구나

병든 후에 비로소 나의 몸이 스스로
괴로움을 알고
건강할 땐 많은 중생을 위하여 바빴도다
노승이 스스로 편안한 찰이 있으니
학고가 교전 하여도 총총히
방해롭지 않구나

저 산사(山寺)에

산 너머 깊은 절에
예불 올리는 종소리 길게 울리며
잠에서 깨어 보니 만 가지 형상이 뇌리를 스치고
새벽빛은 짙기만 하구나
별빛은 아직도 여기저기 보이고
바람은 나무숲을 감돌고
새벽안개만이 자욱하구나
산봉우리에 달만이 휘영청 하리
밝게 걸쳐있게…

빛

오고 가는 내가
오고 가는 채로 오고감이 없으리
내가 있는 이대로 내가 없음을
드러내 밝힐 길이 없어라

살아가는 한마당
살아지는 대로 살아가지
이 껍데기 저 껍데기 어느 껍데기든
아무 일 없이 이렇게 축복일 뿐이다

빛을 찾는 내가
보이는 그림자 모두를 비추리
내가 나를 보지 못한 바보 빛이었기에
끝도 모르는 전체가
한 덩어리 빛 잔치로구나
어여차, 덩실덩실

가슴을 열고

한 줌 흙에서 삶의 순결함을
여린 들꽃에서 천국을 바라본다
이름 없는 풀꽃처럼 여리고
소소한 존재의 소중함을 깨닫게 한다
덧없고 하찮아 보이는 우리의 삶도
뭔가 하나씩 다져놓고 사라져 간다

사는 게 고되고 지리멸렬 하다고
비틀거리는 발걸음으로
싫도록 슬카장 떠다녀도 괜찮은 일
내게 주어진 생이니 힘껏 움켜쥐는 것일 뿐
태어날 때처럼

도사려 먹은 마음 배설되지 않고
시간에 노예된 것조차도 모른 채
장렬한 태양빛 아래서 힘차게 심호흡을 한다
어둠속 달을 보며 볼멘소리와 함께
세상의 모든 존재를 향하여 가슴을 열어 제치고
슬카지 노니노라

해탈의 열반을

욕망의 노예가 된 중생은
그 욕망의 망상에 휩쓸려
어디론지 가버리고 만다

저 거미가 자신이 뽑아낸
거미줄에 얽혀 버리듯
그러므로 현명한 중생은
욕망의 족쇄를 부숴버리고
오직 해탈을 향하여 나아간다

과거에 대한 집착도 버리고
미래에 대한 집착도 버리고
현실에 대한 집착 또한…
그리고 해탈의 열반을 향하여
정진한다

닮고 싶은 사람

마중물 같은 사람이 되고 싶다
어려움이 있는 곳에
희망의 씨앗이 되어
바람타고 분분히 날아가
소리 없이 내려앉고 싶다

가문 날 내리는 소나기처럼
누구나가 두 팔 벌려
반갑게 맞아주는
그런 사람이 되고 싶다

서로에게 향하는 길이
사막처럼 삭막하고
험한 길이라도
기꺼운 마음으로
그 길을 먼저 걸어가는
그런 사람이 되고 싶다

내가 닮고 싶은 사람은
사람답게 사는 길을
오롯 걸어가는 사람

그런 사람이 되길 꿈꾸며
나는 오늘도 살아가고 있다

참새

창 밖 개나리 풀 숲속
앙상한 잎 떠받치고 있는 가지 위로
참새들이 짹짹이며
어디선가 던져질 모이를 기다리며
사이좋게 앉아 있다

때론 몸집이 큰 비둘기와 공생과 대치하길
반복하며 먹이의 움직임을 좇아
분주히 날갯짓 한다
넉넉지 못한 배급을 아쉬워하며
창 밖 빨랫줄 위로 다가와
보채며 졸라 대지만
더 이상 얻을 것이 없음에
이내 사라져 버린다
어디로 가는지
또 언제 돌아오는지 알려주지 않은 채
자리를 비웠다가 이내 돌아온다

언덕배기 하얀 예배당

언덕배기 작은 예배당에서 예배 시작을 알리는
종소리 그 울림이 항구 가득히 퍼진다
새벽 어선들이 종소리에 맞추어 출항을
서두르며 만선의 꿈을 품고 길 없는
물 위에 하얀 거품으로 길을 그리며
바다로 향한다
흔들리는 바다 어장에 가기전의 휴식은
참으로 달콤하다…

모든 사물이 잠든 어두운 밤에 길 잃은 자들을
위하여 등대는 밤 새워 불을 밝힌다
또한 커다란 방파제는 파도를 막아 걱정을
덜어 주고 포구를 지켜준다
만선을 꿈꾸던 바다는 파도를 잠재우고
햇살 먹은 바다는 은빛 되어 아름답게
빛났다

심연

산골짜기에서 피어오르는
안개구름 머무름이
자유로워 행동에 구속받지
않는다

남산에 걸린 저 밝은 달은
옥뜰에서 부르는 풀벌레 소리
달은 조도를 한껏 높이고
아랑곳없이 만고에 교교하다

우리 인간도 안개구름처럼
자유롭고 저 달처럼 초연 할 수
있다면…
그 속에는 무한한 즐거움이
있다한다…

가을 날

하얀 백합송이 가슴마다
새까만 눈망울을 의식하듯
가을바람에 고독의 말벗인냥
겨울은 소리 없이 찾아온다

횡 하니 비어 버린 듯한 나의 마음은 허공에 뭉쳐있고
냉소 일수 없는 흐느낌만이 나를 채운다
고뇌 속에 끊임없이 일그러진 텅 빈 가슴을 달래며
오늘도 또 하루를 보낸다

황혼이 물드는 마지막 지점에서
내 자신을 불사르고
노을이 뿜어내는 강렬함은 고독의 빛깔인 듯
허전하고 외로운 공허만이 지금 나의 전부인 것이다

시간이 지날수록 깊어가고 그리움만이 추억이 되어
하나 둘 피어나며 그리움이 퇴색될 시간이 됐건만
사랑의 아픔은 더 해만 간다
올 가을은 유난히도 쓸쓸 한 것은 그대가 없기 때문인가…

벗

뜨거운 햇살을 맞아 주듯이
뜨거운 열정을 식혀 주었고
그 순간 광기를 멈춰준 친구가 되었습니다

지워버린 잊혀지지 않는
잔재는 그를 외면 할 수 없음을
한 번 더 말해 줍니다

이제는 같이 가야 할
길벗과 진한 향을 곱게
갈아야겠습니다

잔잔한 바다 향이 나는
그 순간까지…

주어진 운명

깊어 가는 가을밤
하늘의 달을 보자니
지금까지의 사라온 나의 삶이 펼쳐 보입니다
아직은 내게도 내일이 있고 또는
무엇을 하기에는 너무 늦었다면서
많은 시간을 허비해 버렸는지 모릅니다

이 세상이 끝나고 주님 곁으로 가고자 할 때
소중했던 사람으로 기억되고 사랑을
유산으로 남길 수 있기를 바라며
나에게 주어진 삶에 감사하고
오늘 하루가 주어진 또한 충실히 살며
하직을 준비하고 싶습니다 후회스럽지 않도록…

세월

검푸른 세월 사이로
은빛 이슬 머금고 유유히 흐르는
깊고 슬픈 강

환한 웃음 머금고 길 떠난 첫 아들을
해가 바뀌어도 돌아오질 않고
호강시켜 줄게요
흐릿한 웃음 뒤로 붉어진 서쪽하늘

잠들지 못한 천지신명에
그 정성의 정화수 앞
경건한 듯 마주한 조그마한 두 손
아들의 어깨를 감싸 안는 서글픈 기도 소리
멈출 줄을 모른다

한 마리 새가 되어

산을 오른다는 것은
일상을 버리는 일이 아닌가

등 뒤에 무거운 바다를 지고
험한 바위를 기어오를 때
등덜미가 절로 꼬부친다
껍데기도 아가미도 벗어버리고
맨몸으로 산에 오르던 나는
산문에 몸담고
맑은 이슬을 구하던 수행자가 아니던가

먼 바다로부터 올라오는 차가운 골안개
풀잎 따라 너울너울 풀어져 눕구나

나도 한 마리 새가 되어
두 다리 쭈욱 뻗어 날아본다

걷이

무엇을 자르려면
먼저 그것을 자리게 두어야 한다
무엇을 거두어들이려면
먼저 그것을 심어야 한다
이것이 논밭에서
일이 이루어지는 방식이다

부드러운 식물이 단단한 흙에서
더디게 자라는 식물이
빨리 자라는 식물보다
크게 될 수 있다
논밭에서 하는 일은
신비를 드러내는 일이다
어쨌거나 가을걷이는 온다

계절의 길목

여름 개울가에
하얗게 손 내밀던 너를
나는 잡아주지 못했다

여름 지나
분홍으로 웃음 짓던 너를
나는 반겨주지 못했다

폭우 내린 겨울 흙탕물
푸르게 적시려고
작은 몸 높게 솟아오르고

크지 않은 몸이 몇 배로
개울 속에 뿌리 내리는
그 아픔을 알지 못했다
여름 지나
가을로 가는 길에
고개 숙여

너의 하얀 손잡아 주고
분홍 웃음 반겨 주리라

소소한 추억들

신물 사설은 내 가슴을 뛰게 하였다
그 순간 미친 듯 찾아온 형상들은
지저분한 실뭉치처럼 꼬여 있었다
소소한 추억들이 모여 역사가 된다는 한 줄…

불쌍한 것 천천히 한올 한올 풀어
보니 제법 이쁜 사진 몇 장이 나왔다
흐뭇했다

시간은 너무 많고 할 일은 없다
무엇을 해야만 했다
흘러가는 고인 물 그것을 생각했다
그런 고민을 했다 10, 20년 후에는
지금 이 순간이 오래된 사진이
되어 있을까

예쁜 사진만 모아서 사진첩
만들기를 포기했다

나는 돈이 되고 싶다

나는 돈이 되고 싶다
높은 어르신네 지갑 속 빳빳한 그런 돈은 말고
새벽 네 시 청소부 아저씨의 윗주머니에 든
구겨진 천 원짜리 다섯 장

나는 돈이 되고 싶다
새벽 한 시 응급실 앞에 서서
동동 걸음으로 울고 있는 젊은 아낙네
그 두 손에 꼭 쥐어진 만 원짜리 두 장

나는 돈이 되고 싶다
노동자의 풀려진 안전화 끈 그 뒷주머니에 든
몇 장의 지폐이고 싶다 저녁으로 국밥 한 그릇
반주로 막걸리 한 병
그러고도 남은 땀에 녹녹해진 지폐 몇 장

나는 그런 돈이고 싶다
누군가의 전부에서 몇 장 모자라는
구겨지고 땀 냄새 나는 지폐 몇 장이고 싶다

차라리 흐르는 물이 되련다

강성배 지음

발 행 처 · 도서출판 청어
발 행 인 · 이영철
영   업 · 이동호
홍   보 · 천성래
기   획 · 남기환
편   집 · 방세화
디 자 인 · 이수빈 | 김영은
제작이사 · 공병한
인   쇄 · 두리터

등   록 · 1999년 5월 3일
(제321-3210000251001999000063호)

1판 1쇄 발행 · 2021년 3월 30일

주소 · 서울특별시 서초구 남부순환로 364길 8-15 동일빌딩 2층
대표전화 · 02-586-0477
팩시밀리 · 0303-0942-0478

홈페이지 · www.chungeobook.com
E-mail · ppi20@hanmail.net
ISBN · 979-11-5860-936-8(03810)

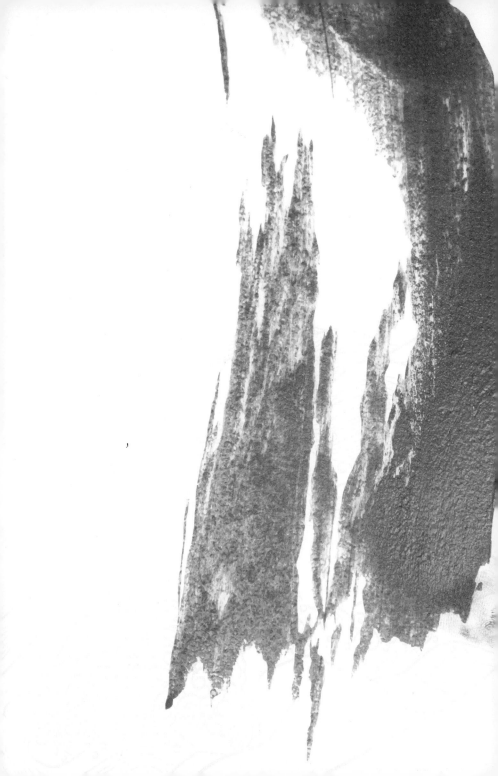